密雲縣志卷一之一上

天文星野説[注一]

案：星野之説，詳於傳紀。舊志據《晋書・天文志》「上谷入尾一度，漁陽入尾三度，右北平入尾七度」，《清類天文分野書》「昌平、順義、密雲、懷柔尾三度」，四邑於晋皆屬漁陽，則密雲祇得尾三度四分之一，不第不能當尾宿，且不及尾之一度。若傳紀所云，箕、尾二星則統麗幽、燕二州，袤延愈廣，析至一縣直無分野之可言。惟當時奉檄修志，不能與省局條款有异同，是以姑存分野圖説。

今者，大地右旋之説發明已無余蘊，歷二十四小時自轉一周，歷三百六十五日公轉一周，不惟星野所指茫無定向，即東西方向亦隨地心而轉移。若仍執分野之説，不免爲學者所訾，姑存而不論，可耳。

[注一] 目録中標題爲「天文圖説」，現有説無圖。

密雲縣志卷一之一下

輿地圖説

案：輿地必冠以圖説，猶編年紀事必繫以年表，所以省言詞之繁費、代手口之指畫，展卷披閲，燦若眉列，不至炫目。至於定疆界、分區域，曲直出入，毫厘千里，圖畫關係，其重如此。顧舊圖成於光緒初年，其時繪畫之學未甚發明，故略具型模，比於草創，而又不詳度數，不列方隅，距離相懸、東西易位者，誠所不免。兹略仿東西新式輿圖，界以經緯綫，以限於尺幅，定爲四里一度，每度得十六方里。由是闔境得若干方里，可按度而稽其遠近距離、方隅位置，雖未能弗差累黍，亦庶幾不相徑庭焉。

密雲縣志卷一之二

輿地

疆域

舊志謂：「《尚書・禹貢》《周禮・職方氏》，部州別域，皆以境内山鎮川浸爲斷，百世準之。」斯言尚矣。曩代海宇咸隸版圖，寸地尺天，莫非王土，但舉境内山川，而古今改革之迹秩然可考。自環海大通，此疆彼界，析及尋尺，如争田争畔之不能相紊也。於是界限之分、勘履之密，較昔加詳。我密北際灤平，南連平谷，東鄰薊縣，（先是州，癸丑年改縣。）西接懷柔，東北近界灤平、遠界承德。（先是府，癸丑年改縣。）圖中先標本邑界限，次詳鄰治道里，次別孤屯方域，而以境外望山取向附著之。定以羅經，準以弦綫，四至八道，按方計里。（《禮記・王制》「方十里者，爲方一里者百」，是即言方里者之濫觴。畤人家变其文曰「百方里指纵十里、横十里而言」，若方百里则纵横得一万方里。）綜計全境面積，斷長補短，共約得七千八百七十一方里。四正四隅，一以方五袤七爲準。

密雲縣界

南北袤一百二十里，（通計幅員，盈縮不一，以縣治取中路綫最長者爲準。下仿此。）指夾山與梵字碑距離而言。

東西廣一百零三里，（舊志一百十里，不足。其黑峪關伸出数十里，則以袤度計之。）指墻子路與梨園莊距離而言。

西南至東北衮長一百七十八里。

東南至西北衮長一百四十里。以弦綫計之，祇一百五里有奇。

南至夾山莊二十五里，界懷柔孝德莊。

北至白馬關一百里，界灤平梵字碑。

東至墻子路口八十三里。

此指未開東荒以前邊界而言。密雲原來界限，自墻子路口外起至東南北，尚有百餘里，説見後。

西至梨園莊二十里。梨園莊，密雲懷柔分屬，西達駙馬莊。

西南至王家莊十八里。王家莊，密雲懷柔分屬，西南達螺山莊。

東南至漁子山一百里，南界平谷峨嵋山，東界薊縣劉家河。由縣治直達漁子山不過七十里，云百里者，以弧綫計之。

西北至河防口四十里，界懷柔神堂峪口。由縣治至河防口計程四十五里，云四十里者誤。

東北至古北口一百里，界灤平二道橋。又至黑峪關一百六十里，界承德摩天嶺。

右本邑界限。

按：長城圍繞密雲東、北、西三面。邊城以關爲界，關外以分水嶺爲界，劃如也。長城始於秦，北自雁門關，西迄嘉峪關，皆秦築也。自雁門以東迄於山海關，則有曾築於燕、趙者。密雲，古之燕地，则长城之築，或有出於燕者。

墻子路依東陵右山，距青椿十餘里，至紅椿不過三十五里。舊志以禁地不便踏勘，故東南邊界僅至關外。不但白椿、紅椿未敢登載，即云至青椿三十里，亦沿舊説，未及更正。昔日林木蓊蔚，迄鮮居民；今正議招民開墾，紅椿以内皆夷爲民田，以後設莊列屯，寖成鄉聚。當日以甌脱置之者，以後千頃膏腴、頓睹舉鍤爲雲之盛，則編入户籍，列入輿圖，不復依邊立限。惟自曹家路東北，一仍其舊。灤平界限，别以大道東西爲正。

嘗考東陵，山勢蜿蜒，連跨灤、遵、薊、密四縣，而以霧靈爲主山。禁山周環二百

餘里，繚以紅椿，外圈爲白椿，再外爲青椿，皆累次開拓，以廣陵地者也。紅椿圈自何時，卷宗多蕪，時迹莫考。白椿，則前清乾隆年間，和紳當國，托言：「陵寢重地，不宜聽民樵墾，以傷龍脉。宜悉圈禁。」至道光中葉，言事者又奏請圈禁，直至墻子路口外，是爲青椿。於是環青椿以内，皆成禁地。前後失業者數十萬家。圈禁之法，周圍凡三百餘里，每里加三分，則圜綫延長四百餘里矣。咸同間始弛青椿

之禁，民漸得復業。光緒初元更弛白椿之禁規，已開墾成熟。每歲白露降，令守陵兵士循紅椿路綫芟薙草萊，廣三丈六尺，防民間野火延燒林木，實則倍寬至七丈餘。民國肇興，蠲除苛政。議者謂紅椿以内，良田數千頃，任其荒穢不治，祇陵户撥汛居之，厲民實甚。除皇室陵寢以及附近之地在保護優待之内，所有連陰棧山以北之地，現已設局招民價領。惟紅椿内樹木繁盛，陰翳蔽天，鹿豕豺狼據爲窟穴，芟夷翦伐以奠民居，施功亦匪易也。

又按：舊志於東方界限，另標墻子路東柳樹溝、二道河、葡萄峪、火焰山、柞子溝等五處，小黄岩口東山神廟、石門山莊、清水石湖等三處，大黄岩口東猫兒洞、南花洞、網子溝等三處，指爲本邑界限。以毗連禁地至多，以二十里爲止。今經實地調查，則自墻子路關外東南干澗嶺，又東雙叉河，又北至北横嶺，又北至曹家路口，勢如半環。武汛緝獲山犯，交本縣懲治，是即密雲轄境之一

〔注一〕「洎」，原誤作「泊」，今據上下文意改。

證。不但距墻子路關七十里之與隆山包括在內，即紅梅舊址、霧靈主峰亦當屬轄境。姑存其説，俟勘定邊界，補列於後。

梨園莊，西至懷柔縣城二十里。

漁子山，西南至平谷縣城三十里，東南至薊縣城七十里。

古北口，東至灤平縣城一百四十里。

黑峪關，東北至承德縣城一百六十里。

右鄰治界限。

按：秦漢初設郡縣，犬牙交錯，以相維制，於廢止井田阡陌之中隱寓分土分民之意。洎後攤賦移田，〔注一〕攤丁移籍，往往有屬村而隔縣界數十里者，佤邪離絶，名曰孤屯。輾轉界注，適形轇轕，兹特按方計里，分臚界外，列載圖中，期勿遺而勿紊焉。録舊志

辛相莊，縣界梨園莊西北八里。

石各莊，縣界梨園莊西北十八里。

仙台莊，縣界王各莊西南二十里。

大周莊，縣界王各莊西南十二里。

小周莊，縣界王各莊西南十二里。

小辛莊，縣界王各莊西南十二里。以上各村四周并屬懷柔縣境。

馬房莊，縣界夾山莊南十七里。

小韓辛莊，縣界夾山莊南十七里。

牛富屯，縣界夾山莊南十七里。

上園莊，縣界夾山莊南十七里。以上各村并東、西、南屬順義縣境，北屬懷柔縣境。

丁家莊，縣界茶棚南八里。四周屬懷柔縣境。

于家新莊，縣界茶棚村南三十里。

紅寺莊，縣界茶棚村南三十里。

白塔屯，縣界茶棚村東南四十里。以上各莊四周并屬順義縣境。

嶺上屯，縣界茶棚村東南六十里。四周屬三河縣境。

大叚村，縣界茶棚村東南五十里。

六馬莊，縣界茶棚村東南五十里。

郭家莊，縣界茶棚村東南五十里。

雙營，縣界茶棚村東南五十里。以上各莊并東、南、北屬三河縣境，西屬順義縣境。

胡家營，縣界界牌莊南三十五里。西、南屬三河縣境，東屬平谷縣境，北屬懷柔縣境。

梨各莊，縣界界牌莊南四十五里。

陀頭寺莊，縣界界牌莊南四十五里。

胡辛莊，縣界界牌莊南四十五里。以上各村四周并屬三河縣境。

右孤屯方域。

案：輿圖指方，別限是用。羅經法以經緯綫定中都，以弦弧綫定四境。而升高望遠，先在定山；山定，則城邑村聚如指掌上。密境迤南諸山，以黍谷山巔測中；迤北諸山，以燕樂山巔測中。八方所會，燦若眉案，匪一邑之準繩，實四封之符節也。故依圖立說，而以境外望山終焉。錄舊志

紅螺山，屬懷柔境，在密雲城西北四十五里。黍谷山戌方。

按：《宋史》王曾上契丹事，順州東北有螺盤山，《遼史》檀州有螺山，《金史》順州有螺山，當即指是山。高約一千六百尺。山下有紅螺泉，夕吐光焰，山色爲之殷紅。山麓資福寺即古大明寺，有樊從義《大明寺碑》載，元時有兩紅螺死，寺僧爲雙浮屠瘞之，或即以是得名歟？

牛欄山，屬順義境，在密雲城西南五十里。黍谷山申方。

呼奴山，屬順義縣境，在密雲城西南四十五里。黍谷山未方。

按：一名狐奴山，《水經注》「水不流曰奴」，蓋以山前潴澤名也。循北麓鳥道而上，漸平闊，有寺。寺後有小石城。山西南百餘步有漢狐奴縣址。後漢《王梁傳》，梁爲狐奴令；《張堪傳》，堪拜漁陽太守，於狐奴開稻田八千頃，勸民耕種，以致殷富；《鄧訓傳》，烏桓謀反，詔訓將黎陽營兵屯狐奴，以防其變，皆是地也。魏黄初二年省縣。山下舊屬密雲中衛屯。

丫髻山，屬懷柔境，在密雲縣城東南五十里。黍谷山艮方。

峨嵋山，屬平谷境，在密雲縣城東南一百里。黍谷山巳方。

右邊内望山。

摩天嶺，屬承德境，在密雲縣城東北一百七十里。燕樂山甲方。

馬山，屬灤平境，在密雲縣城東北一百十里。燕樂山艮方。

桃兒山，屬灤平境，在密雲縣城北一百十里。燕樂山癸方。

橫山，屬灤平境，在密雲縣城西北七十里。

燕樂山戌方。

右邊外望山。

輿地

關隘

密雲襟山帶河，東北要塞，自古稱最。元明以來，倚爲重鎮，勝朝定鼎，仍屬岩疆。舊志以古北口爲京師要衝，以石塘路爲密雲首險，以墻子路、曹家路爲分防，於薛志踳駁頗多糾正，今悉遵舊志。列繪關隘，自邊墻東南熊兒寨河口起，東界薊縣黄松峪口。西北河防口止，西界懷柔神堂峪口。爲關口者六十有七。按圖立説，依序定方。今雖裁兵撤戍，以節縻餉，設有緩急，披圖擇險，扼以重兵，固我疆圉。即以保衛京畿，未能以函谷東封，徒恃丸泥禦敵也。

墻子路轄下：

熊兒河口，縣東南九十里，在熊兒寨東十里，東界薊縣黄松谷口。

南水峪口，縣東南八十里，在熊兒河口東北，有堡。

北水峪口，縣東南七十五里，在南水峪口東北，其西五里曰鎮羅關，又十里曰鎮羅營，原把總戍之。今裁黄門口，縣東八十里，在北水峪口東北，《通志》在鎮羅營南，誤。有堡。黄門口河由口入邊，北流。

南峪寨口，縣東八十里，在黄門口東北，有堡。本名安營寨。清太祖入口時曾於此安營，以炮攻之。口外迤南尚有營盤舊址。

墻子路關，縣東八十三里，《通志》言九十里者，誤。在墻子路城東三里，有堡。東南通薊縣將軍關道。南清水河由關北入邊，西北流注清水河。

磨刀峪口，縣東八十里，在墻子路關北，有堡。

泉水河口，縣東北八十里，在磨刀峪口北。

石灰峪口，縣東北一百里，在泉水河口西北。

小黄岩口，縣東北一百里，在石灰峪口東北，有堡。小清水河由口南入邊，西流入大清水河。

大黄岩口，縣東北一百十里，在小黄岩口東北，外委戍之。今裁 其西五里有楊家堡，千總戍之。今裁 大清水河由口北入邊，西流注潮河。以上爲口十，在墻子路關南北爲便口，共十一關、口。

曹家路轄下：

姜毛峪鎮口，縣東北一百十里，在大黄岩口東北，有堡。其西十二里曰令公堡，把總戍之。

今裁

蘇家峪口，縣東北一百十五里，在姜毛峪口東北。

南峪口，縣東北一百二十里，在蘇家峪口東北，有堡。其西七里曰吉家營，把總戍之。今裁

大蟲峪口，又名五虎門口。縣東北一百二十五里，在南峪口東北。

走馬安口，縣東北一百三十里，在大蟲峪口東北。其北五里曰遥橋峪堡。

鐮鈀峪口，縣東北一百四十里，在走馬安口東北。

芀香峪口，縣東北一百五十里，在鐮鈀峪口東北。

黑峪關，縣東北一百六十里，在芀香峪口北，《通志》在曹家寨西南，誤。有堡，把總戍之。今裁 東北通承德道。乾搭木河由關入邊，西南流注潮河。

二道口，曹家路正口也。縣東北一百五十里，在黑峪關西曹家路城東北八里。其南曰水峪堡，又西三里曰大角峪堡。

汗兒嶺口，曹家路重邊口也。縣東北一百六

十里，在二道河口北口外，曹家城東北十三里，有堡，外委戍之。今裁 東北通承德道。

倒班嶺關，曹家路西口也。縣東北一百四十五里，在二道口西北。

齊頭岩口，縣東北一百四十里，在倒班嶺西。其東南有堡，又南二里曰蔡家居民堡。

柏嶺安口，縣東北一百三十五里，在齊頭岩口西。

師姑峪口，縣東北一百三十里，在柏嶺安口西。其南三里曰將軍臺。

土墻口，縣東北一百三十里，在師姑峪口西。

以上爲關二、爲口十一，在曹家路二道口及汗兒嶺口南北又西爲便口，共十五關、口。

古北口轄下：

湯河口，縣東北一百二十里，在土墻口西。其西南曰司馬臺堡，把總戍之。今裁 湯河由口入邊，西流注潮河。

沙嶺口，縣東北一百二十里，在湯河口西。

龍王峪口，縣東北一百十五里，在沙嶺口西，有堡。

窨子峪口，磚垛子口内邊也。縣東北一百十里，在龍王峪口西。

紅門口，炮子口内邊也。縣東北一百五里，在窨子峪口西。其西八里曰潮河川堡，把總戍之。今裁

紅門川水《通志》在黑峪關東，誤。由口入邊，南流歸潮河。

磚垛子口，窨子谷口外邊也。縣東北一百十五里，在窨子口外正北。

炮口子，紅門口外邊也。縣東北一百十里，在磚垛子口西。

古北口正關，縣東北一百五里，古北口城北

五里，柳林營東三里，在炮口子西。其南曰上營防，守禦駐之。北通灤平縣。

古北河口，縣東北一百五里，在古北口正關西。潮河由口入邊，南流。

古北便門，縣東北一百五里，在古北河口西。

鴿子洞口，縣東北一百五里，在古北便門西。

黃榆溝口，縣東北一百五里，在鴿子洞口西。

七寨關，縣東北一百十里，在黃榆溝口西南。《通志》在白馬關西，誤。

吊馬河口，縣東北九十里，在七寨關西。其

東南有吊馬堡。

乍兒峪口，縣東北一百里，在吊馬河口西，有堡。

以上爲關二，爲口十一，在古北河口及便門東西爲便口，共十五關、口。

石塘路轄下：

左二關，縣北一百里，在乍兒峪口西，其東曰鼉房峪堡。

陳家峪口，縣北一百里，在左二關西北，有堡。

東駝骨關，縣北一百五里，在陳家峪正西。

西駝骨關，縣北一百里，在東駝骨關西。

《通志》白馬關西北，誤。

大戰口，縣北九十五里，在西駝骨關西北。

響水峪口，縣北一百里，在大戰口西北。

紅土峪口，縣北一百里，在響水峪口西北。

白馬正關，縣北一百里，在紅土峪口，西有堡。其南曰下營，外委戍之。〔注一〕今裁 北通豐甯大閣鎮道。白馬關河由口入邊，南流注白河。

劃車嶺北口，縣北一百里，在白馬關西。

〔注一〕「戍」，原誤作「署」，今據文意改。

刬車嶺南口，縣北一百里，在刬車嶺北口西南。

杏樹溝口，縣北一百里，在刬車嶺口南。

朱家峪口，縣北九十五里，在杏樹溝口南。

孟思郎峪口，縣北九十里，在朱家峪口南。

白岩峪口，縣北八十五里，在孟思郎峪口南。其東三里有高家堡。

馮家峪口，縣北八十里，在白岩峪口西南，有東、西二堡。馮家渡河《通志》在白馬關東北，誤。由口入邊，東南流入白馬關河。

營城嶺口，縣北六十五里，在馮家峪口西南，有堡。

黄岩口，縣北六十里，在營城嶺口西，有堡。其東南五里曰石佛堡。黄岩塘河由口入邊，東南流入白馬關河。

鹿皮關，縣北五十五里，在黄岩口西南，石塘路城西五里，有驃騎堡。白河由口入邊，南流。

東石城口，縣北五十里，在鹿皮關西南，有堡。

西石城口，縣北四十五里，在東石城口西南，有堡。

水峪口，縣西北四十里，在西石城口南，有堡。其東南五里曰柏山坨堡。水峪川由口入邊，東流入白河。

白道峪口，縣西北三十里，在水峪口西南，有堡。其東三里曰大良峪堡。白道峪河由口入邊，南流歸白河支流。

牛盆峪口，縣西北三十里，在白道峪口西南，有堡。

小水峪口，縣西北三十里，在牛盆峪口西，有堡。

大水峪口，縣西北三十五里，在小水峪口西，有堡，外委戍之。（今裁）北通豐甯大閣鎮。大水峪河由口入邊，南流入白河支流。

河防口，縣西北四十里，在大水峪口西，有堡。西接神堂峪口。

以上爲關四、爲口二十一，在鹿皮關（即石塘路口。）東西爲便口，共二十六關、口。

按：舊志於沿邊各口，悉依薛志，詳載通步、通騎，良以密雲在明季爲東北藩垣，於坦途仄徑之分，爲拊背扼吭之計。然古今异勢，灤陽諸郡，居上游重鎮，近邊一帶，烽火無驚。除古北口，曹家、石塘兩路視爲阨塞外，至墻子路地近東陵，及其餘關口，久以腹地視之，不復分防置戍。則通步、通騎之説，本可從删，匪同漏叙已。

輿地

山

輿圖地志，以山爲標幟。由都城東北至密雲，始入山徑。據測繪家言，由灤陽南視，密雲地勢如高屋建瓴，萬山環拱，古北口地面高於縣治者五千餘尺。岡巒起伏，環抱於東、西、南三面，惟縣治左右夷然平坦。古人因勢設險以界内外者，無論矣。境内諸山，最有名者凡三十餘，見於史乘者以白檀、黍谷、五峰、燕樂諸山爲最著。此外別脉分支，視同培塿，方言土語，難取定名。然村墟道理，以山之陰陽向背定向，庶無乖互。而沿邊關口，形勢所在，說中於此特加詳焉。

環密皆山也，隨地指名，難更僕數。茲圖省之又省，尚列二百四十餘，終嫌紛冗。惟諸山或聯地絡，或東水源，或峙雄關，或當孔道，過示翦芟，轉乖實迹。說中特標典要諸山，而於重岡複阜，依絡分支者，按圖從俗，只列方名，庶於分眉畫目之中，仍寓若網在綱之義。録舊志

黍谷山，縣南十五里，密雲西南屏障也。

《通志》屬懷柔，誤。一名燕谷，一名寒谷。鄒衍吹律以温地氣，見於載籍。此説虚實無可徵考，姑存之以備掌故。峰巔喬松遠見數十里，若爲四境望幟。西南諸山，陂陀演迤，至黍谷始一矗。南絡横山、白檀山，出境。東絡銀冶嶺、銀礦山，出境。

白檀山，縣南二十里，前有白檀樹。曹操滅袁尚兄弟，歷此破烏桓於柳城，城在山曲，谷柳州也。元時，上都諸王忽剌臺游兵進逼南城，燕帖木兒及陽王、太平國王朵羅臺等戰於此山之棗林，亦此地也。

横山，縣南二十里，即密雲山。相傳，天將雨則白雲彌漫滿山。後魏置郡，亦以山名。燕慕容恪破石趙兵於此。

聖水山，肥南八里，由北望之，形如螺旋。

孤山，縣東南五里，左禦潮河。

銀冶嶺，縣東南十五里，當時曾産銀，山下猶有開采洞址。近産石棉，頗富，已有人領開礦照試辦。

梯子嶺，縣東南十五里。

酸棗嶺，縣東南二十里。縣東南山境皆取道三嶺。

右南境諸山。

治山，縣東北八里，《通志》作八十里，誤。上有磚塔、遼建普濟寺，廢，碑今尚存。磚塔高矗山嶺，清光緒十五年塔頂爲雷擊去。山俯瞰城邑，爲密雲主峰。北尊玉皇頂、皇極臺，至大圓山，爲正脉。東絡鳳凰三山，跨北嶺，達九松山，亘長梁，抵東山，以界潮河，爲左支。西絡循神山，抵馬頭山，以界白河，爲右支。

山正踞滿營之後。登山俯視，營城方罫列畦，縱横棋布。産鐵甚佳，上多磁石，儻能倡議開采，亦不涸之利源也。

鳳凰山，縣西北十五里，白河分流夾之。南絡卧虎、惠安二山，若割據焉。上有石佛寺，今尚存。

馬頭山，縣北十八里，危岩竦首。其西爲白河分流處。

大圓山，縣北二十五里，冶山來脉也。其西黄姑山、金羅山會之。其北堡子頂、鐵頭嶺、户部嶺環之。邑北諸山，至大圓山爲一束。在金叵羅莊後，俗名大團山。

燕樂山，縣北六十里。舊圖，桃花庵山、招勝庵山統此一山，以庵别名也。宜從燕樂山爲正。密雲咫步皆山，而平疇廣衍，豁然開朗者凡得三境：一今縣治地；一石匣城，要陽故城地也；

一燕樂村，在此山下，即燕樂故城地也。山高約十里，以度量計之，約一萬五千餘尺。綿亘幾二十里，周圍九岡十八谷。東眄霧靈，西拊横嶺，大圓、黍谷皆在几案，曠然遠覽，風雨來會，爲一邑之勝區。《通志》、邑志咸佚之，是可補也。山有上寺、中寺、下寺，唐開元十三年，石幢尚在。

駝骨山，縣北七十五里。二山連亘，分名之，曰青草頂，其南曰柏查山；合之，則統名曰駝骨山。又別有柏查山，在古北口。迤邊諸山，由桃兒山分支循西嶺、白蓮谷南趨，至此結穴，此燕樂山來脉也。

右北境諸山。

九松山，縣東北三十里，西即九嶺莊也，以奇松九株得錫今名。山臨孔道，前清蹕路所常經，故御製詩屢咏及之。

龍門山，縣東北六十里，香爐、清都、清洞皆前後山也。山出道人溪水，爲白龍潭來源，別有黃岩洞龍堂，迹今尚存。

白龍潭山，縣東北六十里，即石盆峪，有龍潭，狀如石盆，明戚繼光詩碣尚存。前清高宗以禱雨，立應，曾親臨之，爰新龍祠，建行宮，歌詩勒石，并手製《喜雨賦》，命翟云升八分書刻木屏。

當時輦蹕時臨，春秋遺祀，故靈肸爲一郡之冠。自咸同而後，無復翠華臨幸，金碧剥落，棟宇傾圮，當日壯觀，盡隨風雨銷歇矣。

印靈山，縣東北六十二里，石匣城主峰也。

白塔山，縣東北六十五里，舊名北山。上有磚塔，遼建。與冶山遥應，南拓山安口，北連娘娘頂，迤覆鐘山、黑龍潭山。

瓦山，縣東北九十里，左峙白蓮窪山，合東潮河，爲内對山口。南絡大小新開嶺、白河澗、芹菜嶺，北控南天門，有當年御路。

福峰山，縣東北九十五里，至古北口城五里。山之陽有練軍五營舊壘。

盤龍山，縣東北一百五里，在古北口東。

卧虎山，縣東北一百五里，在古北口西。關道中通，左右夾踞，天險也。山之陽有柳林營，故壘南抵陰山，即《金史》所云留斡嶺。

右東北夾道諸山。

錐山，縣東七十里，即錘山，西北有大谷。《漢書·地理志》「鐵礦山」即此。西連龍門、清洞諸山，以極潮河。南控梨花、跨鼓諸嶺。以抱東塞。墻子路巨鎮也。

五峰山，縣東北七十五里，聳列如指，亦名五指山，黄岩口一帶巨鎮也。清水河循其左，乾塔河夾其右。西會潮河，若環帶焉，東絡青垛山、馬家溝，極大樹窪諸山，巑岏崱屴，爲樵采罕迹之所。

白蓮窪山，縣東北九十里，一名筆架山。乾塔河、湯河夾之。三道梁界其南，歸兒嶺隘其北。東絡鴉鶻安山、窟窿、鋸齒山，極漢兒嶺、青石山，出邊。曹家路一帶巨鎮也。

平頂山，縣西北三十里，元太子寨址尚在。後扼水谷，左撫柏岩。白河以西諸山，羅伏其下。

水谷山，縣西北四十里，一名滴溜挂山。懸岩西向，雄關屹然。東絡開方、老鴉諸谷，達石塘嶺。

石塘嶺，縣西北五十里，至鹿皮關五里。左襟白河，負城夾堡，爲西北最衝要地。西有鸚鵡岩、鹿皮岩。

划車嶺，縣西北一百里。橫山分枝入邊爲划車嶺、杏樹溝，瑶谷、白嶺，滴水岩、石灰嶺六山，而划車岩爲最大，東西亘十里。白馬關右倚之。

右西北近邊諸山。

附録

霧靈山，縣東北邊外一百八十里，一名伏淩山，一名孟廣峒山。其陽曰萬花臺，其陰曰清涼界，高廣深邃，東陵主山也。山下別有白河，東入柳河，趨灤入海，一細流耳。《漕河考》指爲運河發源，《通志》亦誤仍之，宜削正。所云一百八十里，合邊内外言之也，後桃兒山、興隆山俱此例。考霧靈一山，自縣出墻子路關至山麓，一百四十里，由麓至山巔，四十里，合爲百八十里。東絡北横嶺，南望興隆山。雄峙東陲，爲邊外巨鎮。舊志謂連跨薊、遵、遷、承四府、州、縣，又謂與桃兒山在《通志》「并屬密雲，蓋以灤陽當日未隸承宣，特從混一。洎後置州升府，復析府設縣，居今立斷，各有統歸」，據以爲霧靈不屬密雲之證。然出墻子路關，又九十餘里至黄岩關，始爲薊縣界。自黄岩關迤北達曹家路口以内，皆密境也，霧靈一山實包孕境内，其爲密地，蓋無疑義。即就地勢而論，亦與薊縣爲近，灤平無與焉。當日祇以近居禁地，非一州縣所能自私，故渾括其詞曰連跨四府、州、縣耳。

桃兒山，縣北塞外一百十里，一名摘星坨，屬灤平境。扼古北、駝骨、白馬諸關，爲北邊巨障，雄峻亞於霧靈山。紅土峪、響水峪兩河俱由此發源，入邊，注白馬關河。

興隆山，縣東邊外一百五十里，綿亘數十里，爲東陵東北屏障。當日圈入紅樁，遂爲禁地，實在密雲轄境以内，已詳縣界案語中，兹不復贅。

附録舊志望山二説

以上二山，（指霧靈、桃兒兩山。）《通志》并屬密雲，蓋以灤陽當日未隸承宣，特從混一。洎後置州升府，復析府設縣，居今立斷，各有統歸，本非應録。惟縣境東北諸山，皆由霧靈山分脉入邊，正北諸山，皆由桃兒山分脉入邊，按脉尋枝，實爲軒轡不祧之祖。古疆域門已歸境外望山，此篇别從附録，因往志之見聞，準今時之沿革，仍昭畫井，匪蹈争墩。

案：《通志》所載密雲諸山，圖所未列者凡七：曰隗山，見《新唐書》。曰天門山，即天盆山，云在縣西南境。考唐時密雲城在横山陽，今已屬懷柔地。西南自黍谷以下，徐起漸伏，别少主峰，泥古徵文，反成曲解。以闕疑，則不書也。曰黑松山，以松得名。曰香陘山，以藁本香得名，云在縣東北境。考東北一帶，霧靈遠脉，淑秀所鍾，冬幹潛虬，春苗擷翠，美材香草，隨在取資。欲訪定名，殊難臆度，以從同則不書也。考石匣正北近邊，有北香峪、南香峪之名，或即此歟。曰觀鷄山。曰陳宮山，云在縣東北一百八十里，直趨黑峪東偏，關界所不會，山絡所未經。仰視霧靈，奚啻㟝嶁！以鄙遠，則不書也。至火突山，即火焰山，在墻子路關東十二里。按東西輿圖，火山所在無不詳載，以爲考古之資。惟火焰山始自何時，史乘不可考，已補入圖中，姑存古迹。赭童犖確，毫無足觀，亟從擯削焉。又輿圖舊說，其二曰華山，云在縣南。考舊圖，華山已歸懷柔境，密雲并未列繪，說中特錯簡耳。附記之。

輿地

河

按舊志：「密邑以白河、潮河爲最大，東西諸水注焉。潮、白兩河入境以後，止有注入而無支流。偶有分旋，復并入，如淮出於江復入於江也。即首紀兩河，振其綱也，注白、注潮分列之，溯朔訖南，條其序也。」舊志俱在，無煩覼縷。惟兩河所受諸水，盈涸靡常，夏秋漲溢，百川灌河。伏雨兼旬，東南諸山之水建瓴奔注，盡匯於兩川之間，尾閭宣泄不及，平壤連阡，盡成澤國。有志者屢經建議，以河身淤淺，堤堰難施，亦祇望洋興歎而已。

白河，古沽水也，《通志》順天府屬所載，沽河屬薊縣境，即黎河，下流入寶坻之潮河也。同名合流，最易牽混。源出宣化府赤城縣。其源有二：一由龍門縣東紅石山徑獨石城東，曰東河；一由獨石口徑城西，曰西河。東河至城南，西河注之。又南，徑龍門山，下曰龍門川。又南，徑雲州堡東。又南，徑龍門縣城東。又南，徑龍門所南，曰揚田河。又南，陽樂河右注之。又東南，徑滴水岩，三面曲繞延慶州之静安堡，而由東河口出邊。邊外四海堡水右注之，黑河川水左注之，曰白河，別於黑也。又東南，徑灤平之湯河口，湯河左注之。又東南，徑嶺北折而東流，繞亮黃臺山西南折而東流五里，由石塘路鹿皮關入密雲境。又東五里，徑石塘城，稍曲行五里，至乾河廠東小河口，白馬關河左注之。又南十二里，至户部莊西，渤海泉水左注之。又西南二里，至莊窠村西南，水谷川河復又注之。又七里，徑棒樵岩北。又三里，柏岩東。又南六里，徑馬頭山西，乃分支，右趨懷柔境。其正流又南三里，徑神山。又南十里，徑白嶺西。又南六里，直抵縣城北石堤下。循堤折而西南三

里，至西渡。又五里，至河漕莊東，潮河匯焉。又南十四里，徑沙塢莊西，出密雲境。循懷柔羅山東，後迤邐入順義境。至牛欄山北，而支流復匯焉。其支流徑懷柔境龔家莊東，至卸甲山西，白道峪河右注之。又西南，經鼉龍山，大水谷河右注之。又經羅山西南，雁溪河、小泉河先後注之。至牛欄山，合正流南下，徑順義縣城東。又南流，入通州境，沙河右注之。又東南，至張家灣，而通惠、清泉、南新諸河及桑乾支流復會之，曰潞河，即所謂北運河也。循香河縣西南入武清境，徑河

西務，新引河分之。又東南，徑楊村，入天津境。至丁字沽、大清子牙入淀，諸水會之。至三岔河口，衛河復會之，由直沽東南入於海。

白河由石塘嶺、鹿皮關入邊，古書今迹，昭若合符。舊圖佚石塘路城，（指薛志舊圖。）而改入白道谷口，既失險塞，頓成徑庭，此上流之宜正者也。白河當明中葉，全勢西趨，由馬頭山西過龔家莊，徑懷柔縣東至牛欄山，匯潮南下。逮嘉隆間，疏引故迹，循城利漕，東道方開，西流乃殺。然懷柔西北諸水，仍恃彼爲歸墟，春漲秋霪，分途并駛。舊圖於

分支處顧從闕焉，此旁流之宜正者也。白河正流自河漕莊匯潮，直趨西南出境，中間凡歷羅山莊、太平莊諸村落，始達牛欄，驛道水程，班班可考。舊圖既缺分支水道，而於合潮後又復屈注西北，强幹附枝，致西南數十里經流茫然若失。眉睫之近，桑海之誣，此下流之宜正者也。茲特於境外仍列繪之，以備采證。

白河經流徑十一州、縣，袤延千里。自入密雲境迄出境，長九十里。關嶺西北諸水，陡落直注，廣狹靡常，伏秋盛漲，彌漫極天，自冬徂春，乃

利車騎。不便營田，不利舟楫，沙石磊砢，一望皆敗灘也。有明通道匯流，以利轉漕，督臣所陳十利辨矣。乃旋止輒廢，而援河近城，適爲城害，識者病焉。前清康熙間，始奉廷旨，依城築壩八百餘丈，兆民安堵幾二百年。嘉慶辛酉，大水，城垣西北隅圮。道光戊申，大水，石子壩又圮；同治庚午，大水，又圮。每當洪流方興，穿堤嚙郭，全城岌然如在釜中。邑之官紳屢欲修復，顧以地瘠民貧，興此巨工所費不貲而止。光緒己酉夏，大雨，河盛漲，邑宰張君夢筆督邑紳募金築城外護堤。至今，雖河水暴漲，城得無恙。

徑入白河及附屬入白河之水

白馬關河，縣北一百里，源出灤平縣西之長梁思家營東。南流，徑石塘，復曲流至梵字碑橫山之陰，諸水注之。又東南，徑泰平臺，由關入縣境。南流，徑堡西折而東流，紅土谷水左注之。又西南，徑石片嶺東，過高家堡，抵孤山，折而西南流。又五里，馮家峪水右注之。徑石佛堡南，復西流，環嶺三面。又東南流，徑後寶玉嶺，復西流。又西南，至小河口北，黃岩水右注之。旋入白河。

紅土谷河，縣北一百里，源出口外桃兒山西。西流，由口入縣境。又西流，至石片嶺東，入白馬關河。

馮家谷河，即馮家渡也。縣北八十里，源出口外横山鋪東。南流，由口入縣境。復東流，至堡北，入白馬關河。

黄岩塘河，縣北六十里，源出口外横山楊木窪南嘟嚕谷東。南流，由口入縣境，鮎魚溝、蛇魚川夾之，至小河口，入白馬關河。

渤海泉，縣北四十五里，源有二：一出渤海寨東北，一出寨西，至村南合流。徑馬房，會清水潭水。至户部莊西，入白河。

水谷川河，縣西北四十里，源出口外小西天山南。東流，徑水谷山，由口入縣境。又東流，繞堡南，復徑青甸，至莊窠村西，入西河。

黑城川，縣西北四十里，源出平頂山陰。南流，徑黑山廣慧洞西。東流，徑大良谷堡。至柏岩南，入白河。

白道谷河，縣西北三十里，源出口外蓮瓣山

龍潭東。南流，由口入縣境。復西南流，至懷柔卸甲山西，入白河支流。

大水谷河，縣西北三十五里，源出口外前山鋪。南流，由口入縣境，徑堡東，趨懷柔東矗龍山西南，入白河支流。

右白河及所受注入諸水。

潮河，古鮑邱水也，源出豐甯縣草碾溝南山下。東南流，至喇嘛山，西南諸水右注之。至豐甯小土城，城根營水右輔之。南流，徑白塔，至大閣鎮，鎮西南諸水又右注之。東南流，至蘇武廟，復東流，廟西水注之。徑龍潭溝，迤廟陽洞，趨黨山嘴，環窄嶺遼東營。又北匯鞍匠屯十八盤水，南匯關門山廟兒溝水，始成巨流。至虎什哈營，東南流，徑北甸，至吴家營，桃兒山陰諸水右注之。又東南流，入陰山、馬山夾之，河流一束，曰外對山口。又東南，徑瓦房，繚曲往復，至馬山西南隅，復東南流，古城川、三岔口水合注之。又二里，由古北口入密雲境。南流，徑萬壽山東二里，抵陰山。折而西流，徑柳林營南，五里，繞朝河關西。仍折而東南流八里，徑南天門北、練軍五營南。復東流五里，至北甸，湯河、紅門川水并左注之。更南七里，瓦山、白蓮窪山夾之，河流一束，曰内對山口。折而西南流十五里，徑城子莊北，其左，乾塔河注之。稍西三里，其右，黑龍潭水注之。又七里，徑石匣城東。又五里，至城西南，三溪水又注之。又五里，山安口，南清水河左注之，道人溪水由石盆谷來入，〔注一〕清水河又合注之。又二里，經化家店。南流五里，徑釣魚台東。復西流十里，徑羅家橋東。仍南流三里，徑南省莊北，金溝水右注之。又五里，徑九松山北。迴折而東北流五里，繞碱廠東，遂東趨，而復南流十里，徑荆子峪西。又西流十里，徑鄧家灣，黄門河水左注之。三里，徑羊山莊，南流五里，徑水峪。折而西流五里，徑石嶺。復南流三里，徑白岩。五里，繞孤山南而西流。又五里，徑縣城南、迎水村北。又五里，徑城西南、河南寨北。其引渠由孤山北行，循南關而西，資灌溉利。既入白河，復會焉。又西南五里，至河漕莊東南，匯於白河。

考白河故道，由馬頭山西南流，至牛欄山東，始匯於潮，則河漕莊以下數十里，本潮河正流也。

〔注一〕「由」，原重文，今據上下文意删。

有明嘉隆間，引白壯潮，以利漕運，客强主弱，挾以俱趨。自是，而白爲君，潮爲佐矣。圖志川流，總以現行徑道爲準，故於潮入白後，不覼贅焉。

《通志》「順天府」下載，潮河有二，一屬寶坻縣，一屬密雲縣。考寶坻之潮河，源近而流雜，乃明代引泃河之水以濟薊運者也。密雲之潮河，源遠而流巨，乃明代匯白河之水以利密運者也。《水經注》云，鮑邱水歷狐奴縣，注於沽河，界畫原自簡晰。乃《方輿紀要》有統計一水之説，《通志》因之。案：潮白下流，惟通州平家

疃一帶東偏埤下，斜界絳河，特亘長堤，恐妨運脉。即如顧祖禹所論，既以援潮入白、分白入泃，豈有仍襲舊名，强支合脉？及檢河渠部中，而寶坻之鮑邱河、潮河又自分載。分也而强之合，合也又使之分，泥古紊今，貽誤滋多。竊以爲，宜遵中外一統輿圖例，潮河專屬密雲，而寶坻別標曰薊運河，曰白龍港。既摭實而定名，復條分而縷析，各有專歸，非同武斷。潮河水面狹，僅五六丈寬，或至三十丈。境内受水，細流縈紆，奔騰泱漭，亞於白河。輦蹕所經、郵驛所歷，淺或涉馬、

廣且容刀，夏潦秋霖，時虞艱阻，東坡所謂「適當其衝」歟！故列繪之。

境内入潮河諸水

紅門川，縣東北一百里，源出盤龍山東。南流，入紅門口，徑東山。西流，至古北口城，貫東門入，南門出。復東南流，繞福峰山東，至北甸，入潮河。

乾塔河，縣東北一百六十里，其源有三。一出觀鷄山，北流，徑摩天嶺，由黑峪關入境，即志所謂觀鷄水也。一出霧靈山清凉界，北流，由芍

香峪口入境，會之。一出分水泉，北流，由大蟲峪口入境，會之，即志所謂三藏川也。徑將軍臺堡南，折而南流，徑新城堡東。西南流，徑吉家營北。復西，徑馬廠、横城、後山，至三道梁南。環車道谷，徑東頂山陽。重折而西北流，至桑園西北，入潮河。

湯河，縣東北一百里，源出邊外石窖谷，由湯河口入境。南流，徑司馬臺東。折而西流，徑湯河莊南。西南流，至北甸，入潮河。

黑龍潭水，縣東北八十里，源出雙山突泉，南

流，入潭。遂東南流，達白河澗、高嶺莊，入潮河。

清水河，縣東北一百里，其源有三：一出霧靈山翻水水泉，由大岩口入境；一出邊外好地石湖，由小黄岩口入境；一出邊外黄龍潭，由墻子路關入境。大黄岩水入口，西南流，徑青垛山陽，穿石門，而小黄岩水注之。復西流，至暖山梁南，而墻子路水由惡谷西來，復注之，即志所謂要水也。復西流，徑五峰山南、波光谷西，挾道人溪同入於潮河。

道人溪，縣東北六十里，源出龍門山西。北流，徑青洞山東，循分水石入石盆峪白龍潭，即志所謂石盆峪水也。尋徑故行宫南，西趨出山。北流，至波光峪西，入清水河，同入潮河。

石匣三溪，縣東北六十里，一源出馬家溝，東南流；一源出塔山前，東南流；一源出大窩鋪，西流，至城西匯焉。南循山安口，東入潮河。

金溝水，縣東北四十五里，源出金溝莊東。南流，徑超渡莊（又名朝都莊。）東。乃西南流，徑小營東、南省莊北，由恒河莊來水，右注之。稍南，由札窩山來水，復右注之，即志所謂三河水也。尋入潮河。

黄門口河，縣東九十里，源出平頂山東南陲。西北流，徑梨花頂北、錐山南，折而西流，徑行客嶺，至鄧家灣，入潮河。

按：《通志》所載密雲諸水，圖所未列者凡二。一曰濡水，云徑漁陽郡白檀故城。考濡水即灤河，（《通志》作潮河，誤。）由古北口外灤平境韭菜溝南趨，挾九流河、柳河，由遵化達永平府。未入境，則不書也。一曰洳河，云出密雲石峨山，考洳河源出懷柔丫髻山東北。東南流，趨平谷縣，徑三河洳口鎮，入泃河。已出境，則不書也。